파고든 가슴

초판인쇄 · 2020년 5월 22일
초판발행 · 2020년 5월 29일

지은이 | 지현경
펴낸이 | 서영애
펴낸곳 | 대양미디어

출판등록 2004년 11월 제 2-4058호
04559 서울시 중구 퇴계로45길 22-6(일호빌딩) 602호
전화 | (02)2276-0078
팩스 | (02)2267-7888

ISBN 979-11-6072-061-7 03810
값 13,000원

이 도서의 국립중앙도서관 출판예정도서목록(CIP)은 서지정보유통지원시스템 홈페이지
(http://seoji.nl.go.kr)와 국가자료공동목록시스템(http://www.nl.go.kr/kolisnet)에서
이용하실 수 있습니다.(CIP제어번호 : CIP2020019033)

지현경 제6시집

대양미디어

서 문

가지런한 삶의 묶음을 쌓아두고 있다가
요리조리 들춰냈다.
쓸 것이라고 세워놓고 보니 별것이 아니다.
생활 주변에서 보는 것 듣는 것을 써봤다.
생생한 현장의 모습들을 장면마다 담아봤다.
조금은 딱딱하고 멋도 맛도 없겠지만,
서민들의 살아가는 참 모습이 아닌가 한다.
명 작가들은 고상한 글만 골라 쓰지만 평범한 나는
현장에서 때 묻은 민초들의 진솔한 땀 냄새를
담았으니 참 문객들이 알 리가 없다.
미리 알고 있었다면 그들은 위선과 교만일 것이다.
서 푼어치를 쓴다는 작가들은 잔잔한 민초들의
내면을 창피하다고 남기지 않을 이유는 없다.
우리는 함께 살아간다.
아마추어가 남긴 작은 소리도 감동을 준다.

어둠에서 광명으로 밝아지는 것처럼 언젠간 이런 글도 요긴하게 필요할 때가 훗날에는 있을 것이다.
기고의 말들은 귀가 따갑게 주고받는 말들이다.
시작과 끝이 없는 생활 모습은 변하지 않아 주변에 버린 것을 주섬주섬 담았다.
말과 행동을 골라 가지런하게 써봤다.
정갈한 표현은 아니더라도 독자들이 우리 서민들의 실상을 조금은 이해하시리라 믿는다.
딱딱한 마음과 생각을 나눠서 부드럽게 전하지 못해서 다소 아쉬움을 남긴다.

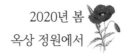

2020년 봄
옥상 정원에서

차례

제2부 73세 가는 길

제3부 적막이 날 죽이네

제4부 눈물이 나를 부른다

제5부 아버지를 만났네

제6부 자리 보러 갔네

◇ 해설 ◇

제1부 생각난 그 사람

행복한 농민

쌀독에 담아둔 곡식들
따뿍따뿍 채우니 넘쳐버린다
해마다 이렇게 풍년만 되어라
창고가 넘치니 추녀 밑에도
주렁주렁 장관이다
벼 매상도 1등품 맞아 부러울 것이 없다
농사꾼 희망이 바로 이것이어
동네 분들 모셔다가 잔치 베푸니
만수무강 빌어주며
인생도 덤으로 더 살라 한다
평년 농사도 덤이요
인생사는 것도 덤 빌어주시네!

돌아가는 물레방아

쉼 없이 돌아가는 저 물레방아
주인도 없는데 홀로 일하는구나
주는 밥 혼자 먹고 홀로 돌아가는 물레방아
제 아무리 먹고 또 먹어도 줄지를 않네
주는 대로 받아먹고 먹는 만큼 일 한다
올여름에 비가 안 와 밥줄 끊기니
하던 일을 멈추고 한 달이나 놀았다
속이 상한 주인님은 만날 수가 없고
나 홀로 외롭게 비 오기를 기다린다.

넝쿨 호박

주렁주렁 달렸네
넝쿨째 달렸네
호박도 달렸고 박도 달렸네
뒤섞여 달렸네 둥근 보름달이
아침에도 보고 저녁에도 보고
해님 보고 방긋 웃고 달님 보고 방긋 웃고
주렁주렁 달렸네 둥근 보름달이
아침에도 보고 저녁에도 보고
해님 보고 방긋 웃고 달님 보고 방긋 웃고
주렁주렁 달렸네 우리 지붕 위에서
아버지가 물을 주시고 어머니도 물을 주시고
나가실 때도 한 바가지 들어오실 때도 한 바가지
거름 주시고 물도 주시니 무럭무럭 자라네
우리 지붕 위에 둥근달 넝쿨째 달렸네.

푸른 꿈이

푸른 꿈 희망의 꿈
가방 속에 담고 집을 나선다
꿈틀거린 가방 속이 답답해한다
왕성한 활동에다 날아가는 뜬구름 잡고
어제도 오늘도 운동장이 비좁다
6년, 4년 또 4년, 4년 문을 나서니
두 갈래 길이 내 앞을 막아서는구나
친구는 가방 속에다 꿈을 담아왔는데
두 갈래 중 어느 길이 내 갈 길인가 묻는다
오늘 보니 18년 허송세월이 내 발목을 잡는구나!

생각난 그 사람

지나가는 그 길목에
그 사람 생각난다
어제도 이 자리를 함께 건너갔고
오늘도 이 시간을 함께 건너왔다
말도 한번 안 해 보고 그냥 가버렸다
한동네 그 사람과 함께 걸어갈 때도
그 사람과 말 한마디 나누지 못했다
4계절 1년 2년 옷 색깔이 바뀌어도
보고 또 보고도 말을 해보지 못했다
신호등에 걸려 함께 서 있었어도
그 사람과 마주 보며 말 한번 못 해봤다
어느새 찬바람이 우리 동네 찾아와서
두툼한 옷 갈아입고 말을 한번 해볼까 했더니
날마다 만나던 그 자리에 서서 기다리는데
그 사람이 오늘따라 보이질 않네!

산농의 비 오는 밤

산농의 비 오는 밤
적막과 함께 침묵은
어둠처럼 길어져도
바깥의 역사는 수레처럼 돌겠지
장대비를 뚫고 가는 헤드라이트를 쫓아서
안개 서린 산간을 아쉬움 따라 넘는데
어디로 가는 기적 소린지
작은방에 몸만 남기고
열차에 마음을 싣는다
밤늦게 실례가 되었을지…

＊ 산농 : 산속의 외딴집

제2호 인생은 빈손

우정을 함께 했던 그 친구
오늘은 변했구나
오다가다 만난 그들
만났으니 헤어졌다
다시 또 만난 이도
언젠가는 떠나겠지
인생이란 이런 거야
함께 갈 수는 없잖아
정들면 헤어지는 법
생과 사와 같네그려
잘난 사람 못난이도
손을 잡고 함께 가는 거지
혼백은 떠돌아가고
육신은 땅에 떨어지니
개미와 지렁이들은
잔칫상을 차려놓았다
처리비도 한 푼 안 받고
깨끗하게 치워줬다
장례식장 사장님은

싸구려 속옷 팔아먹고
지렁이와 개미들께
고생만 시키는구나
살아생전에 베푼 사람은
깨끗하게 치워지는데
도둑질했던 그 사람들은
뼛조각까지도 냄새난다
현생에 못된 짓 많이 하면
죽어봐야 아는 법
갈기갈기 찢어져
지옥 문전도 못 간다
초유기체 이들도
인간들 마음 알아본다
권력 쥐고 휘두르던 그들
땅바닥도 진동하니
미물들도 알아보고
그들을 가려낸다
죽는 길이 이러한데
깨끗한 돈 많이 모아서

마지막 가는 길에
베풀고나 가시지 그려
낳고 죽는 이 길은
이을 수가 없으니
어느 때 언제인가
생生과 사死를 알아내면
사람들 사는 길에
고통 지옥이
사라질 것이다.

다 삭은 이들

나이 저무는 나그네
자네 뭘 하는가?
갈길 바쁜데 머뭇거리지 말게
흐르는 세월도 쉬어가질 못하니
어서어서 챙겨 들고
길손 따라나서게
가는 곳은 끝없어
해 저무는 석양 바라보네
지질이 지친 몸 다 써먹고
남는 것은 한숨뿐이네
반겨주던 마누라도
끈 떨어지니 잡아주질 않고
만나던 친구들도 다 떠나가버렸네
그동안 쓰고 버린 잔돈
몇 푼 주워 담고
해 저무는 그림자 따라
함께 뒤섞여 따라가 보세.

바위고개 넘어가네

꼴깍꼴깍 숨이 차게 70 고개 넘는다
몇 번씩 넘고 또 넘어온 길 갈수록 첩첩산중
마지막 고개라고 넘었더니 바위들이 끝이 없다
죽을 둥 살 둥 넘어온 길이 인생길 아니던가?
처자식도 다 버리고 모아둔 돈도 다 버리고
빈손 쥐고 떠나가는 처량한 내 신세여!
못 먹고 못 입고 살더니 나이 들어가는가?
직장 친구도 소용없고 술친구도 소용없네
세상이 이런 거라네 친구도 소용이 없다네
하나둘씩 떨어지는 단풍잎 따라가노라니
있을 때 잘했으면 친구들도 나와 보고
나 홀로 떠난 길이 외롭지는 않을 것을!

빠진 근력

꽃도 지고 님도 가는데
찬바람마저 불어오네
감기몸살 내 신세가
이다지도 처량쿠나
님이여! 어찌하오리까
가는 세월 어찌하오리오
느는 것은 나이뿐이고
걸음걸이는 반발이라
갈수록 빠진 것은
내 근력뿐이구려!

밥값 주세요

농익은 것이 맛도 좋아 건강에 좋고
곰삭은 것이 효모가 많아 진미라 했다
깊은 물은 유유자적 거칠지 않고
얕은 물은 흐르는 곳마다 물소리뿐이라네
초라한 선비 가슴에는 따뜻한 사랑뿐이고
깊은 우물은 마르지 않아
동네 사람들이 마신다네
선비는 헛간 방에서 기거해도
백성들이 따르고
농익고 곰삭은 인생 진미라 했으니
우리도 다 내버리고 쓸 것만 남겨주고 가세!

찾는 이가 없네

차고 가는 허리춤에
내 나이도 차고 가소
허무한 삶 지친 몸뚱이도
다 떨어져 가네
제아무리 건강해도
등 넘어 고개 넘어
석양 따라 가노라
흩어져버린 늙은이
보잘것도 없다는데
오라는 곳도 가라는 곳도
찾는 이도 없어
쓸데없는 나이만 들고
오늘도 해가 저무네.

통일촌 사람들

올 때마다 돌아보니 변하지 않았다
구석구석 가는 곳마다 해묵은 건물들
60년대 우리나라 그 모습이었다
도라산역 막힌 철도는 언제나 열릴까?
녹은 슬고 객은 없어 쓸쓸한 도라산역이여!
언제나 열릴까 저 38선이
남북통일 그 날에.

장지욱 세무사 사무장

사는 것이 모두가 편한 것이 없다네
시간 시간 넘기면서 마음 편히 사는 것이네
서둘지 말고 재촉도 말고
흐르는 세월 따라 천천히 걸어가게
오는 길도 돌아보고, 갈 길도 다시 보고
만사가 흐르는 대로 무리하지 마시게
아버지는 세무사
아들은 사무장
척척 손이 맞아
척척척 해버렸으니.

나의 별

흰 구름 멀리 날아가네! 사라져버리네
붉은 노을 따라가네! 저 산 너머로
어둠이 오고 달은 기다려도 떠오르지 않네
캄캄한 밤중에 반짝거리는 샛별 바라보며
저 하늘에 내 별이 지금도 있겠지
어릴 적에 친구 해 준 희망의 별이었지
하늘 보고 달을 보고 밤하늘 쳐다보며
희망을 꿈꾸며 내 친구와 약속했지
어언 세월 십수 년이 내 얼굴에 새겨졌다
희수를 쫓아가니 어이 쉬엄쉬엄 가시게
길목에서 기다리시는 김종상 선생이셨네
이 길은 아니여 저 길로 가시게나
다 낡은 인생길 별이 반짝 빛났으니
자국마다 쌓여 있는 흠결일랑 지우시고
희망의 별 약속의 별 찾아내서 꿈을 펼쳐간다.

임 그리워

흐르는 물소리
흘러간 세월 소리
떠나간 내 발소리
누구 하나 안 간다고
말할 수가 없구나
돌아온 봄소식
뜨거운 한여름
떨어진 낙엽들
누구 하나 아니라고
말할 수가 있을까요
가지 말라 말을 해도
떠나버린 님이시여
행복도 슬픔도
다 버리고 떠난 님아
나를 두고 가신 님아
언제나 오시려나
오늘도 기다리네
사랑하는 내 님아
애타는 이 가슴에

상처만 남겨놓고
내 곁을 떠난 님아
어젯밤에도 보았네
당신 얼굴을 보았네
잊지 못할 내 님이시여!

영시의 기도

먼 곳에서 날아와 기운이 부활한다
생명을 생산하여 기운을 불어넣는다
천지가 진동하고 요동치며 나른다
미립자 생명도 질곡이 따라간다
풀잎도 동하고 동물도 생각한다
정성 들여 기르면 얼굴을 내민다
천지간 만물들 너와 나는 하나다
흙에서 왔다가 흙으로 가는 인생
허공 속에 손을 들어 나의 영혼 물어본다
자투리 인생 남은 시간 멋지게 살아보자고!

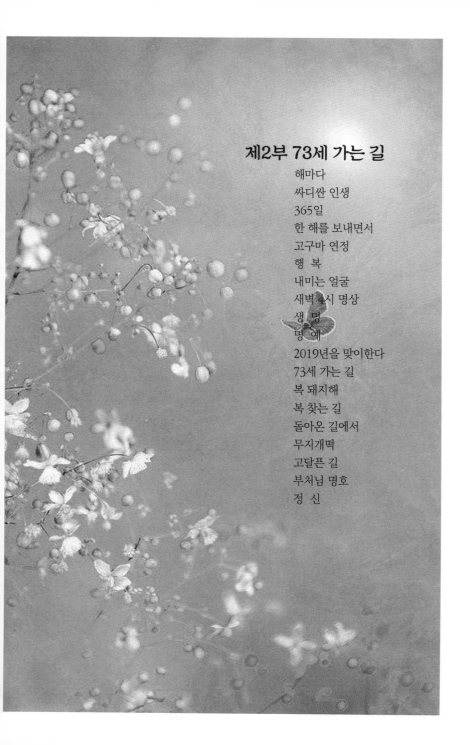

제2부 73세 가는 길

해마다

죽겠다고 열두 달을
기어 올라오니
2019년을 또 가자 하네
그 세월 저 세월 숨 가쁜 세월
2018년 12월 21일
이 재를 또 걸어간다
000000000000달
따라오고 앞서가면
2019년 12월 21일은
몇 명이나 다시 넘을까?

싸디싼 인생

주고받고 끈 달고
먹고살던 그 사람들
조금씩 떼어주니 끈끈한 정 이어졌네
몇십 년 줄을 달고 살아온 그들이라
하나둘씩 돌려가며 훈장을 받는구나
아무나 받지 못하는 고귀한 훈장을
줄 서고 줄을 잡아 서로 나눠 가지면서
물 위에 떠다니는 물풀들처럼 사는 그들
뿌리는 다 썩었어도 꽃은 저리 피네그려!

365일

올해 갈 사람들 7일 전날
돌아갈 수 없는 시간이다
오라는 곳도 없는데
사람들은 따라간다
가는 길에는 샛길도 없다
어미가 데리고 간다
새끼도 따라간다
시간은 6일 하고 손을 잡는다
마지막 서 있는 이 자리가
얼음이 다 녹아내린다
이것이 우리가 가는 길이다
다음 해를 또 바라보면서!

한 해를 보내면서

짐을 다 내버리고 가거라
얻은 것도 벌어둔 것도
내버리고 가거라
아무 것도 쓸데가 없느니라
빈손으로 왔으니 빈손으로 가거라
욕심도 버리고 부귀영화도 버리고
물방울처럼 영롱한 마음을 담아가거라
그곳이 천국이다, 우리가 살 곳이다.

고구마 연정

고구마 캐는 우리 엄마
아빠가 그리워서
풀 한 줄 매다가
고구마밭에다
옷을 벗어 던졌다
풀 두 줄 매다가 길을 바라보니
그리운 우리 낭군님이 오신다
시부모님 등쌀에 못 이겨
고구마밭에 나와서
따사로운 태양 아래
님도 보고 풀도 매고
고구마밭의 사랑이
아들딸 많이 낳아
줄줄이 얻었구나.

＊ 어린 시절 동네 어머니들이 들려주신 이야기.

행 복

너 웃는구나
내 삶을 보고서
너 우는구나
내 지난날을 그리 보고서.

내미는 얼굴

까마귀가 난다, 까치가 운다
자리마다 소리하네
두 마리 새가 하는 소리를
사람들이 알아 듣지 못한다
천만 가지 벼슬도 한두 가지 봉사도
쫓다가 날아가 버리면
내 몸뚱이도 못 잡고
행운이 와도 보이질 않아
날갯짓을 모른다
넘치는 무대마다 내 설 곳 비어 있어
자리만 쫓다가는 먼 길 가다 해지노라
두 손에 돈과 명예 흘러가는 구름 되니
하루속히 내버리게 먹구름이 일어나네.

새벽 4시 명상

만상에 메아리 나를 부르며 손 흔들 때
춤추는 흰 구름 아지랑이 앞세우고
너울 바람 따라서 강도 산도 넘누나
만상의 메아리가 너를 부르며 손짓할 때
세상을 둘러보고 내 자리를 알았다
기나긴 인생길에 황혼이 물 들으니
출렁 파도에 배 띄우고 뉘엿뉘엿 따라가네.

생 명

종달새도 잠이 들고 다람쥐도 기도하니
바람도 나뭇가지 위에 앉아 한숨 돌린다
해가 뜨면 또 시작이라 만물이 기뻐하고
숨 쉬는 천지가 역사(일)를 시작한다
땅과 하늘이 울 때는 만물이 죽음이요
귀뚜라미도 지렁이도 갈길 잃어 헤맨다네.

명 예

때가 왔다고 잡지 말고
그냥 가게 놔두시게
이것저것 다 챙기다
무거워서 넘어지네
한번 넘어지면 못 일어나
길바닥에 풀 돋아나고
길 잃은 뱃머리 등대마저 불 꺼진다
여보게 이 박사님 2박사면 뭘 하나
자네 몸뚱이 무너지면
땅임자는 누구일까?

2019년을 맞이한다

휘몰아치는 강풍도 잠이 들고
눈보라도 길이 열린다
밀려오는 쓰나미도 주저앉는다
2019년은 세상이 태평하리라
간신 잡배 사기꾼들이 맥을 못 추고
세상은 조용하여 살기 좋은 나라
희망찬 나라로 문이 활짝 열리겠지.

73세 가는 길

바람도 쉬어가고 물결도 잠이 든 밤
나이가 73세, 부끄럽기 한이 없다
세상에 얼굴 내밀어 할 일 해왔는데
돌아보고 챙겨봐도 내 발자국 없어
허무하지만 2019년에도
또다시 서울 땅을 걷는다
마지막 남은 삶 쪼개 쓰고 나누어주며
2019년 반갑게 맞이한다.

복 돼지해

복도 돼지 복이 최고 복입니다
미련하다 하는데 미련하지 않고요
둔하다 하는데 뚱보라 그렇지요
먹는 것 막 먹어도 환경을 챙깁니다
미련한 사람보고 돼지 탓만 하지만
돼지는 영리하고 마음도 순하지요
올해는 돼지해라 돼지 탓만 마세요
돼지가 복 돼지라 사랑하면 복 받지요.

복 찾는 길

아버지 어머니 정성에 가정이 행복합니다
행복한 가정은 복이 따라옵니다
복을 먹고 살아온 자식 봉사도 잘합니다
선조 때 베푼 정성이 내리내리 꽃피웁니다
어려울 때 나누면 3대를 지키지요
복 복 복 하지 말고 베풀어 보세요
돼지해에 복 받으면 베푸신 덕이지요.

돌아온 길에서

낭 속에서 굴러 나와 잉태하였다
주변은 온 천지가 낙원이었다
황토밭에 발을 딛고 우뚝 섰다
묵묵히 바라본다
만물이 나를 본다
기어가다 서서 가다
짐을 지고 걸었다
돌아가는 발길이 세월을
밟으면서 재촉한다
가슴은 나를 세우고
눈은 하늘을 바라보았다
만국을 갔다 다시 돌아왔다
그대들은 누구도
아무 말이 없었다
남아 있는 기운 곱고 값지게
딱딱 긁어 쓰고 있다
반가운 인연들과 미련 없이 쓰고 있다
돌아온 길에서 지현경 이름값 했다던가?

무지개떡

겉만 핥고 지나가니
그들이 금수저다
두엄자리도 모르면서
특수검사 했단다
뿌리도 모르면서
대공은 아는가?
쌀밥은 어디서 왔는고
대답 좀 해 보소
밭도 없이 싹이 나고
임자도 없이 아들이라
이들이 단상에서
마이크로 큰소리다
매국노 2세 3세들이
나라를 뒤흔든다
눈물도 피도 사랑도
메마른 그들이다
인정도 모르면서
넥타이 매고 나와서
봉급은 얼마인지
회전의자에 앉아 있다
이들도 알고 보면

은수저 후손들이다
대한민국 부호들은
피땀 뽑아 얻은 돈으로
나라는 돌아가는데
부귀영화는 그들뿐이네
불쌍한 서민들만
입술 가에 물 적시고
노천에서 풀빵 사서
소주잔에 하소연한다
이들이 애국지사
자손들이 아닌가?
양지쪽에는 싹이 나고
음지쪽에는 밤샘한다
등산길에도 울긋불긋
배낭 지고 오르지만
들녘에서 풀을 매는
흙수저 후손들 보소
풀 한 포기마다 눈물 한줄기라
하루 품삯이 배고프다네.

* 신기남 국회의원 자리에 내려온 금태섭 전직 검사(현 국회의원)님
  께 했던 말. 두엄자리는 보리가 잘 된다 했더니 무슨 말씀입니까?

고달픈 길

나의 뒷그림자야
앞서가지 마라
이것이 역행이니라
조심조심하여라
너의 갈 길이 아니다
사는 것 모두가
다 이러하니라.

부처님 명호

걸려오는 몸살감기가
부처님 명호 부르니
어느새 기운 들어와
몸이 따뜻해지네
마음 마음이 가벼우면
새 살길이 보이고
깊이깊이 들어가도
어둠 속이 광명이네
세상 이치가 평화로워
꿈과 희망도 열리고
나누면서 살아가면
이 자리가 극락이네.

정 신

팔만대장경을 다 외운다 해도
하늘이 파랗고
팔만대장경을 다 쓴다 해도
하늘은 하얗네
부처님 말씀을 알아들으면
나의 삶이 보이고
부처님 참뜻을 깨달으면
나의 갈 길이 열린다.

제3부 적막이 날 죽이네

두 사람이 하나요

호號라도 동무하면
몸이 둘이라
그놈의 감기가
침범 못 하는데
독감이 덤비네
부처님과 함께 사는
박병창 회장님은
스님들 곁에 사는
인산도 함께 하니
이것이 사람 사는
삶이 아닌가
네것 내것도
부처님 것이라서
먹고 입고 사는 것도
부처님의 덕이 아닌가.

＊ 한 사람인데 호가 앞에 붙어 두 사람이라는 뜻이다. 인산 박병창 선
  생, 또는 인산 선생

마 음

약값을 보태주면
그 마음 하늘이고
빵값을 먼저 내면
고맙다고 인사한다
정치판 뒷바라지는
끝 간 데가 없는데
돌아서면 그들은
장돌뱅이만 못하더라
세상에 태어나면
정치꾼들 멀리하소
저놈도 요놈도
쓸만한 사람 없더라
거짓말 잘한 놈이
정치판을 움직이니
교과서를 믿어야 하나
대법관을 믿어야 하나.

강축연

세월 따라 가노라
축구공 따라 사노라
우리가 모였네
축구동호인들이 모였네
비가 오나 눈이 오나 바람이 부나
축구화 신고 축구공 들고
운동장에 모였네
두 줄 서서 나누고
청백으로 나누고
한 골 두 골 터지면
그 맛에 공을 찬다네
동네마다 모여서
열심히 운동하여
구청장기, 자문위원장기, 연합회회장기로
일 년 동안 연습하고 몸을 만들어서
세 번의 시합으로 승부를 겨루네
열심히 뛰는 팀이 우승컵 받아들고
동네방네 소리치며 우승을 알렸으니
이것이 우리 '강서축구동호인'들이다네!

오고 가는 길섶에서

흐르는 물은 영원히 내려가 버리고
떠도는 구름도 조석으로 변해버리네
늙은이 흰 머리털에 정신까지 가물거리고
봄바람 살랑살랑 옛 추억만 더듬는구나
봄, 여름, 가을, 겨울 그 시절이 그리워서
늙은이 어린 시절을 못 잊어하네
봄에 내리는 이슬비에 새순 돋아나건만
이 내 청춘 붙들어도 낙엽 따라 가라 하네
슬프도다! 슬프도다! 내 청춘이 슬프도다!
늙고 병드니 나는 어디로 가란 말인가?
오라는 곳도 없네! 갈 곳도 없네!
하루 종일 문을 열고 기다려도
오는 사람 가는 사람 없어 찬바람만 부네!
어제 온 그 찬바람이 오늘도 찾아와서
살아온 나를 보고 너 자신을 알라 하네!

길 위에 구르는 낙엽

찬바람 스쳐 가니 길바닥에는
낙엽만 구르네
어디로 굴러가는지
숨이 차게 굴러가네
자동차에 짓밟히고
사람들 발에 짓눌리면서
마지막 가는 길에도
낙엽을 힘들게 하네
늙고 나이 들면
오라는 데가 없으니
슬며시 밀려난 내 신세가
낙엽이 아닌가 싶네
바라보니 저기 저 낙엽
오늘도 슬퍼하며 홀로 우는구나!

고향의 봄

고향에 봄이 왔네
바람도 훈풍이네
뒷동산에 꽃이 피었네
어머님 할미꽃 피었네
묘지 위에 여기저기
어머님 손이었네
다시 보니 그 꽃이
어머님의 얼굴이었네
묘지 앞 잔디 위에 앉아
하루종일 기다려봐도
어머님이 부르시는
말씀은 없으시고
지저귀는 새소리들만
산골짜기마다 메아리쳤네
산 그림자 내 얼굴 가려도
어머님을 만날 수 없으니
기다리다 기다리다
어머님은 소식이 없고
해는 뉘엿뉘엿 저물어서

중선굴재*를 힘없이 넘어가는데
나 홀로 달빛 따라 떠나려니
어머님 목소리를 들을 수 없네.

* 고향 뒷산 중(스님)이 서 있던 산재

주어진 양

너에게 주는 양이다
욕심부리지 말라
너에게 주는 대로 살라
먹는 것도 탐하지 말라
재물도 욕심내지 말라
거기에 너의 건강이 있으니
욕심껏 살라
쉼 없이 배워라
아는 만큼 천국이니
무한정 베풀어라
그곳이 극락이니
생과 사가 여기에 있다
주어진 만큼 얻고 나면
그것이 너의 복이니라.

사람들

사람과 사람이
어우러져 산다
강한 것은 버려라
독이 있나니
무른 것도 버려라
앞길이 없나니
정도를 걸어라
그 길이 살 곳이다.

39년 전 그날

36년을 쥐어짠 가슴
쓸어도 쓸어도 되살아나는 아픔
흐르는 눈물 닦아도 닦아도
내 가슴까지 차오르네
이것이 오늘 우리가 사는
삶이라 했다던가?
죄 없는 시민들을 5.18 총칼로
날려 보냈어도
민주주의는 아름답게 꽃이 피었네
그날의 악마들이 거리를 활보해도
하나님은 그들에게
아무 말씀이 없네
따뜻한 피가 광주의 거리에서
살아 숨 쉬는 그날까지
대한민국의 민주주의는
뛰고 또 열심히 뛰리라!

향우회 사랑

일생에 남길 것이
무엇이던가?
먹고 자고 살다가
한세월을 보냈다네!
모아둔 것 한주먹
향우회에 심었더니
말년에 바라보니
모두가 꿈만 같구나!

정든 친구

인생길에 만난 사람
술 한 잔 나누니
고달픈 세상살이
술잔 속에 담았다네
깊은 한숨 들어주니
친구가 되더니만
터놓고 살다 보니
모두 고향 친구 같구나.

봇물이 터지네

여기 막고 저기 막아도
새어 나온 봇물
십 원 주고 백 원 빼가니
봇물 터지네
등에 업고 도움받아
남의 마당에서 살더니
여기저기서 소리 나네
국회의원 그 사람들.

고뇌를

보면서 느끼면서 많이 변했다
오늘 해도 저무는데
나 어찌 안가겠소?
따르는 해님 보며
내 얼굴 바라보네
저무는 저 산 너머에
유택이 기다려도
숨 쉬는 그날까지!

그 사람 발길

보이는 것은 그 사람 허물뿐
발길 닿는 곳곳마다 그림자뿐이고
하던 일마다 내던지고 가버리고
시멘트 굳어가도 가버린 그 사람
여기저기 다니면서 일만 만들어 놓네
발길 닿는 곳곳마다 분열만 만드니
언제나 그 사람이 자신을 알아볼까?

나무와 나무들

키가 큰 나무 몸짓 큰 나무
사이사이마다 작은 나무들
이들은 태어날 때부터 함께 자랐네
너는 꺽다리 나는 난쟁이
오순도순 모여서 일생을 함께 자랐지
가뭄이 들 때는 이슬 나눠 먹고
비바람 몰아칠 땐 서로 손잡고 막아주었지
한 여름 두 여름 힘들게 견디며
쏟아지는 불볕더위도 꺽다리가 가림막 쳐주고
죽는 날 그날까지 의좋게 살았지
조용한 산골짜기에 아름다운 나무 형제들
영원한 그 자리가 극락이요 천국이네!

모여든 친구들

우리는 즐겁네 날마나 즐겁네
형제들 찾아와주니 나는 즐겁네
늘그막에 외롭지 않게 기다려지고
오는 정도 가는 소식도 섞어가면서
커피잔에 담으니 눈물도 나네
친구가 좋은 것은 나를 기쁘게 해주니
날마다 즐거워라, 찾아오는 내 친구들.

적막이 날 죽이네

적막이 잠이 드니 길거리도 잠이 드네
오고 가는 발길들 어디로 가버렸나
끊어진 밤거리는 가로등도 쉬는데
가끔 휘날리는 싸락눈만 나뒹군다
그리운 내 낭군님 오늘따라 안 오시고
기다리는 찻잔에 외로운 눈물만 넘치네
영창이 밝아 와도 전화 한 통 없으시고
어젯밤에도 오늘 밤에도
당신 그리워 홀로 우네!

물갈이

별곡의 산은 천지가 울고
넓은 바다는 곱게 잠이 드네
하늘이 춤을 추고 여산에 꽃이 피었네
잡배들이 춤을 추니 구들장이 들썩거리네
잠궈 둔 자물쇠 깨고 대창 들고 들어왔으니
민심이 흉흉해 땅바닥을 뒤집네
안방구석에는 곰팡이들뿐이라
방 뜯고 새 단장 그날이 2020년이 아닌가?

만 남

찾아온 친구들께
하는 말을
툭툭 막지 말라
찾아온 친구들이
하나둘씩 떠나버린다.

제4부 눈물이 나를 부른다

봄소식

들에도 산에도 봄 처녀 찾아왔네
우리 마을 앞뜰에도 소식 전해주니
잠자던 버들가지도 단잠을 깨우네
개울물 속 송사리도 발걸음 소리 듣고
함께 자던 미꾸라지 소식 전해주네
이웃집 참붕어도 일기예보 듣고 일어나
기지개를 활짝 켜며 봄 처녀 맞이하네
논에도 밭에도 트랙터 엔진 울어대니
아지랑이 뒤따르며 하얀 연기 따라가네.

두 마음

공장 노동자 벨트 따라 손 놀리고
공사판 노동자 분량대로 일한다

글 쓰는 글쟁이 커피잔만 만지고
식사 때도 사람 따라 구분이 된다

글쟁이들 모이면 따지기가 바쁘고
노동자들 모이면 오순도순 나눈다

들어보소, 사람들아! 똑같은 사람인데
한 버스 타고 내려서 출퇴근하는데
글쟁이와 노동자 차이가 뭣인가?

적 막

고요한 밤중
삼라만상이 날 부르네

시간을 붙잡고 대답해 보지만
삼라만상은 돌아보지도 않네

불러도 불러도 혼자서 가버리니
고독이 날 찾아와 손짓하네

초롱초롱 눈동자 어둠 속에서 헤매니
벽시계 초침 소리만 크게 들리네.

얼음물

졸졸 흐르는 봇도랑 찬물 소리
손발을 적시니 내쫓는구나
바짓가랑이 고드름 달고
입술은 파랗게 물들었네
손가락 발가락이 갈퀴 되어
젓가락 숟가락도 도망가 버리네
이른 봄 모판에 물 잡는 일에는
손발이 얼얼하여 감각도 없네
차디찬 무논 속에 볍씨 뿌리니
참새 떼들 함께 와서 곁눈질하네.

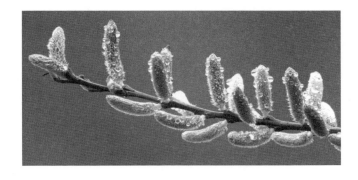

옹기 독

대대로 내려온 옹기항아리
천년의 신비가 가득 차 있네
차곡차곡 담아놓은 옹기 쌀독
3대를 쓰다 보니 손때가 묻었네
돌아가신 우리 할머니 손 냄새나고
어머님 땀 냄새도 함께 묻어 나오네

가득가득 채워 놓은 쌀독 항아리
'흉년도 걱정이 없다' 우리 어머님 마음
온 가족 오붓하게 행복하여라
구들방에 따뜻하게 군불을 때놓고
오늘 밤에도 편안하게 단잠을 청한다.

미래 비전

죽는 것도 내 잘못이고
떨어진 것도 내 잘못이다
힘으로 안 되는 것이 사람들 마음이다
잘 해도 안 되고 못 해도 잘 된다
이것이 사람들 마음이다
여당이 되어도 야당이 되어도
장담 못 하는 것이 사람들 마음이다
이것이 사람들 마음이다
나라가 잘 되려면
바른 눈이 있어야 산다.

승 패

앞서가면 발전하고
먼저 가면 살아난다
공부 잘하면 써야 하고
일 잘해도 써야 한다
미련하면 시키는 대로 하고
영리하면 꽤나 부리고
사람들은 이렇게 살고 있다.

음악 소리에

들리는 소리마다 음률을 따라가고
가냘픈 소리는 가슴을 열어놓고 가버리네
흐르는 세월은 나를 따라오라 하고
불러 본 노래가 내 가슴에 심금을 울리네
가버린 그 옛날을 다시 찾아오라 하는데
잊어버린 어린 시절을 어디서 찾아오란 말인가?
찾아봐도 둘러봐도 내가 갈 곳은 없네
발걸음은 뚜벅뚜벅 더듬거리고
보드라운 손 발등은 쇠가죽이 되었네
꿈같은 어린 시절로 마음은 달려가지만
내 얼굴에 주름지고 허리는 굽어 버렸네
근력도 다 소진되어 신발도 질질 끌고
친구들도 가버리고 없어 외로워서 못 살겠네
여보게 친구들 다 어디로 가셨는가?
나 홀로 남겨두고 다 어디로 가버렸나?
다칠세라 조심조심 손을 잡아주시던 어머님도
학교 가서 공부해라 말씀하시던 아버지도
나를 두고 가셨으니 나는 어디로 가야 하나
사랑하는 부모님도 우정어린 친구들도

모두 다 떠나셨으니 나는 어찌하라십니까?
늙은이라고 외면하고 치매라고 따돌리고
젊은 시절은 오질 않아 가버린 추억인데
그리운 친구여 사랑하는 부모 형제여
백수 천수 가는 길에는 문패도 없네.

개똥도 약이 되네

약자들의 삶 속에 꽃이 피고
약자들의 삶 위에 행복이 있네
명약은 우거진 잡초 속에 있고
훌륭한 아이디어는 약자들 삶에서 나오네
위대한 인물은 서민들 속에서 태어나고
이들이 우리 세계 이끌어 왔네.

공자님 말씀 속에

젊을 때는 여색을 조심하고
장년에는 싸움을 조심하고
늙어서는 탐욕을 조심하라
배워서 지식을 얻으면 군자이고
오로지 최고의 성인과
최고의 바보는
변하지 않는다

천하는 질서로 다스리고
관직을 사양하면
명예를 얻는다
가장 은밀한 곳은
가장 잘 드러나고
가장 잘 숨겨진 일은
가장 분명히 드러난다.

어머님 밥상

맛난 솜씨는 어머님 마음과
사랑이 담겨서 맛이 두 배 세 배였네
날마다 먹고 또 먹어도 물리지 않고
어머님이 만들어주신 음식마다
고스름하고 달콤하여 한없이 먹었네
꿈에도 생시에도 그 맛 못 잊어 하였네
오늘도 내일도 어머님이 주실 거야
맛난 밥상 차려 주실 거야
꿈속에서 받아보았던 어머님 밥상!

마누라 표정

날이면 날마다 밖으로 도는 남편
밤늦게 들어와도 관심조차 없는 마누라
날마다 새벽 공 차러 나가고
어느 땐 사무실로 글 쓰러 나가고
늙어가니 더 바빠 잠도 안 자는 남편 되었네
날이 새도록 시 쓰고 고향 그리워하다
흘린 눈물은 마른 지 오래인데
시마다 글을 보니 또 눈물방울이었네
슬쩍슬쩍 돌아보고 마누라 눈빛 보고
어제는 들어올 때 빵 한 봉투 사다 주니
아무 말도 안 하고 표정도 없네
무심했던 남편이라 관심이 없었을까?
내일도 선물 사 들고 와서 표정 보리라
멋없는 늙은 남편이라 또다시 시도해보고
기쁘게 받아주면 더 좋은 것 사다 주려 하네
젊어서 못 사다 준 선물
많이 많이 사다 주려네
마누라 기분 맞춰가며 기쁜 표정 보려 하네
웃는 그 날까지 끝까지 해보려 하네
늙은이 반성문 후회하며 몰래 서약하네.

새벽 3시에

밝은 빛을 밝히면 더 넓은 세상이 보인다
초롱초롱 눈빛은 아름다운 세상을 꿈꾼다
깊은 밤에 쓰는 글씨는 해맑은 희망이 보인다
적막이 주는 고요는 나의 시를 가르친다
주마등 속의 형상들 오늘도 시로 잡아본다
깊은 밤은 내 세상이요 자유로운 시간!
남은 인생 남은 시간 행복하게 조율하면서
자유로운 한밤중에 멋대로 생각난 시나 써보자!

돌아본 그 날

만상의 얼굴 스쳐 가니 인생이라 하는가?
봄 안개 춤을 추니 홍매화가 웃는구나!
만물이 생동하여 집을 짓고
비바람 한설도 잠을 재우네
지고 뜨고 돌아오는 태양 빛 따라
얼굴 보고 웃는 나그네 나 여기 있노라!

눈물이 나를 부른다

돌아서 흘린 눈물 누가 알리오
사랑하는 부모님 떠나신다 하니
참아도 참아도 눈물이 나네
잘 있거라 내 아들아, 정든 가족들아
나는 이제 이 세상 물러가노라
우애하며 건강하게 잘들 살아라
먼 훗날 천국에서 다시 만나자
새 사람 탄생하면 낡은 사람 가고
물려준 몸과 맘으로 착하게 살다가
세월 가면 너희들도 천국에서 만나자
우리 아이들아
졸업장 타고 나니 마음이 편하단다
손과 발도 내려놓고 기다린단다
근심 걱정 다 버리고 극락 가는 길에
내 새끼들 보고 싶어 잊을 수가 없단다
올망졸망 자라던 너희들 보고 살다가
초롱초롱한 눈망울을 잊을 수가 없구나
가는 길에 돌아서서 보고 또 보고
마지막 헤어지니 발길도 서럽다.

문학미디어 사랑

출품작 내놓고 기다리는 그 사람
글쟁이 하겠다고 글 몇 자 써봤네
한 글자 두 글자 안 써본 글자인데
구석구석 찾아내서 쓰고 또 써보네
아픈 사연 훑어내고 눈물도 흘리고
주워다 모아두니 문학 작품상 받았네
쓰라린 사연들을 백지에다 새겨가니
지나던 나그네가 보고 함께 울었다네.

이○대 선생님

보낸 글 오다 마다
먼지만 자욱하고
마당 구석에 쌓아두니
먼지뿐이네
몇 장 풀어줄 때 보니
그럭저럭 그래
쓸데없고 값없어도
준 대로 모아두니
언제까지 갈지 몰라도
바라만 보네
정성껏 보낸 시가
찔끔찔끔이라
기다리는 사람
마음은 감질나도
보낸 대로 모아 보니
쓸만하여 만져보네.

허물어진 인생

죽기 살기로 살겠다고 서울 왔는데
자리도 없어서 틈에 끼어 살았네
날마다 잠 못 이뤄 밤하늘 쳐다보고
가는 세월 원망하며 고향 그리워 울었네
귀인 만나 자리 잡고 밥벌이라도 했더니
세상이 밝아와서 희망도 품었다네
50여 년 살아온 서울생활 뒤돌아보니
머리는 백발이요 이마는 주름이라
자식들 키워놓고 잘 되라 했는데
40이 넘어가도 시집 장가 안 가니
이것이 사람 사는 재미라고 할 수 있겠나?
잘 나간 친구들은 손자 손녀 안아주고
날마다 기쁨이라 행복하게 산다는데
나는 뭐를 하는지 안타까워 죽겠네.

교 훈

참 걱정해주는 사람이 진짜 친구요
죽든 말든 관심 없어 가짜들뿐이네
살고 죽고 하는 것은 시간이 정하고
죽고 살고 하는 것은 내 몸뚱이지
오고 가고 가고 오고 내 자유지만
나왔으니 자연 따라 순응해야 산다네
이것도 저것도 따라가지 못한다면
하늘이 정한대로 따라가야 하겠지.

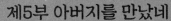

제5부 아버지를 만났네

인간사

글 몇 자 배우는 재미보다
나누는 마음의 정이 더 무겁다
두리번거렸던 손을 잡아주고
열심히 가르쳐주었던 사람
노력과 정성에 감사하고
고운 흔적들 남겨주었다
시들은 낙엽은
수분을 채워주면 그만이지만
사람들의 마음은 아무리 목말라 해도
구겨서 둘둘 말아
한구석에 버리면 그만이다
그 마음 아는지 모르는지
모두가 깨진 마음들이라
다시금 담을 수가 없구나.

이해와 용서

감성을 잡아놓고 흘린 눈물이
날마다 나를 잡는구나
멀어진 내 친구 언제 또 보나?
되돌려 찾아가 보니 멀리 가버렸네
차디찬 유리창 밖을 바라보며
지난날 그 얼굴을 되새겨보니
가는 세월은 돌아오지 않는데
이젠 내 친구와 멀어져 버렸네
새삼스레 떠오르는 그 얼굴이
오늘도 아련하게 잊을 수가 없구나.

아버지를 만났네

꿈속에서 보았네
아버지를 만났네
나와 함께 밭에 나가
명당자리를 잡았네
아버지와 둘이서
명당자리 찾아보고
여기가 좋아요 저기가 좋아요
한참을 찾다가
깨어보니 새벽 2시
꿈속이었네.

행 세

불어오는 바람 막을 수 없고
새들어오는 바람도 막을 수 없네
기우는 나이 세울 수 없고
가는 시간도 멈출 수 없네
등댓불 꺼지면 뱃머리도 돌려가고
꽃잎 떨어지면 벌, 나비도 오질 않네
사는 것이 모두 다 이러한 것이라
잘 나갈 때 잘해 차별하지 말고
인생은 모두가 이렇게 허무한 것을.

떠난 자리

조용한 이 자리는 외롭기만 하네
곧 가마(가겠다) 거기 기다려라
시간은 시간을 또 재촉하네
오지 않는 사람을 기다리라 해놓고
가는 시간 이렇게 잡아만 두니
그 또한 외롭기만 하네
한적한 사무실에 홀로 앉아
들여다본 낡은 책이 친구로 하자는데
썰렁한 마음 한구석 오늘 하루가 저문다.

소슬바람

새록새록 떠오른다
지난날들이 떠오른다
봄바람 따라 들어와서
기억들을 싣고 흘러간다
버려진 이야기들이
소리 없이 멀어져 간다
차곡차곡 쌓인 감정들도
재를 넘어가고
희망의 용솟음이
줄기마다 뻗어간다
남겨놓은 발자국 닦고 닦아가면서
강서에 호남향우연합회가
희망의 문을 활짝 열어간다.

기다림

깨지는 파도는 돌아오지 않고
출렁이는 물결은 한가로이 노니네
멀리서 밀려오는 거센 파도는
선착장 넘어 담장을 차버린다
바다 위를 떠가는 돛단배 짐이 무거운데
잔잔한 미풍은 속도 모른다
철썩철썩 부딪혀 깨진 파도는
님 그리는 새색시 마음을 불안하게 하고
지평선 저 너머에 통통선이 밀려오는데
우리 님 저 배 타고 하마 오실까 가슴 설렌다.

만난 사람들

나 이 길을 걷고 있다
어제도 오늘도 이 길을 걷고 있다
찬바람 지나가고 봄바람 불어와도
나 이 길을 걷고 있다
날마다 걸을 때는 아줌마 아저씨도
길 가다 만날 때는 반가워서 손을 잡았다
아저씨 요즘 뭘 하세요
아줌마 잘 지내셨습니까?
기쁜 마음 좋은 말씀 온종일 즐겁고
이 길 저 길 42년 길
논둑 밭둑이 길이 되었다
내 청춘 바쳐온 우리 동네
오늘도 이 길을 다시 걷고 있다.

다시 도진 병

잊을 만하면 도진 것이 마음의 병
발작증인지 술병인지 알 수가 없다
오다가다 시간 가면 증상이 좋아지는데
그대는 또 증세가 다시 도졌네
나가 누구여 내가 누구여 구분이 어렵다
아무 때나 비방하고 헐뜯는 그 사람
같은 말도 다르게 이해를 하는데
참으로 안타깝구나 그때 그 사람
달라졌다 싶더니만 변한 게 없네
걱정이다! 그 사람 또 그 병이 도졌으니.

삶

올 때는 아버지가 데려다주시고
갈 때는 나 혼자서 떠나는 길에
살아갈 땐 어머니가 먹여주시고
배울 때는 아버지가 가르쳐 주셨지
일생일대 한 세월 살아가면서
보람 있고 즐겁게 살아들 가세
즐거운 날이 오늘이요, 행복하다네.

늙은이

글귀 잡아보니 쓸 것이 없다고
말씨 들어봐도 들을 것이 없네
이 일을 어찌할거나
오늘도 해 저무는데
나이는 들어가고 해놓은 일 없으니
저무는 석양빛도 헤매는구나!

생명의 꽃

발길 닿는 곳마다 꽃이 피어나고
만나는 사람마다 웃음꽃이네
날마다 즐거운 날 나는 행복해
봄에도 피는 꽃 가을이 가도 피고
우리 사는 것도 이와 같은 것
날마다 즐거운 날 나는 행복해
비바람 지나가면 새싹 돋아나오고
백설이 휘몰아쳐도 나는 행복해
손에 쥐면 무겁고 손을 펴면 가벼운 것을
나누는 삶이란 즐거운 것이라네
서로서로 손을 잡고 기도드리면
날마다 즐거운 날이 오늘이겠지.

머리와 발

고통에서 헤어나지 못한 것들
머리와 발 아닌가?
머리는 날마다 생각하고
발은 날마다 시키는 대로 한다
머리와 발 없이는 살 수가 없다
머리의 고통을 발은 모른다
발바닥의 아픔을 머리는 알고 있을까?
한집에 살면서 서로 말 한마디 않고 참는
머리와 발의 사정을 그 뉘 알겠는가?
어둠이 오면 긴장하고
길이 험해도 긴장한다
그래도 머리와 발은 한 집에서
묵묵히 한 길을 함께 간다.

기다리는 봄

봄소식 기다리다
움트는 새싹 보았네
파아란 잎 사이로
꽃 머리 보일락 말락
꽃은 깊이 잠에 취해 있는데
잎은 향기를 풍기고
반 뼘도 안 되는 파아란 잎이
향기를 저리 날리니
향기가 낸 눈으로 들어와
포근한 내 가슴에 앉는다
봄은 이른데 푸른 머리
하나둘씩 문을 열고 나오네
한 소절 읽어보다 그냥 접어두고
새싹 바라보고 두 소절 시구에
매료되어 빠진 엄중한 시간인데
벌써 두 잎 어깨 들고나와
저리도 나를 반기는구나.

돌아본 뒷모습

따라만 오셨나요, 무작정 오셨나요?
소리 없이 73년을 따라 다니는 그림자
오다가다 멈출 때마다 그림자가 있었네
성날 때도 기쁠 때도 변함없는 그림자
그 뒤에 또 오는 사람 나의 마누라였네
망아지처럼 뛰어놀아도 51년 따라온 마누라
자유 세계 나라마다 떠돌아다녀도
밤낮으로 강서구를 누비고 다녀도
하고 싶은 일마다 안 해본 일이 없었다네
그래도 깨진 바가지는 찾아보기 어렵고
한평생 서방님 따라온 나의 마누라가 천사였네
오늘도 함께 가는 나의 마누라가 기둥이었네.

우리들

사람은 모습이 없고
물건은 형상이 없다
사람은 이름을 남기고
물건은 가치를 가진다
사람은 사랑이 있고
물건은 모습이 있다
사람은 덕을 베풀고
물건은 장소가 있다.

주름진 내 모습

별들이 그러네요, 나보고 늙었다고요!
늘 마주치는 보도블록도 나보고
조심조심 걸으라 하네요
내가 반듯하게 걷지를 못하나 보네요
떨어지는 벚꽃잎도 머리 위에
앉으면서 말하네요
왜 그렇게 늙어버렸느냐고 말하네요
부끄러운 내 모습을 감출 수가 없네요
세월이 나를 부르니까
더는 어쩔 수가 없네요.

고향길

갈 때마다 썰렁해
바람도 고요하구나
봄은 와 들판은 푸릇푸릇
젊음이 움트는데
여기저기 돌아보니
빈집들만 주인을 기다리고
가버린 그 사람들은
고향도 못 찾는구나!
나도 이젠 유택 갈 날이
점점 가까워져 오는데
친구들과 내 자리 돌아보니
깊어 잠들 곳이 어디인가 물어보네.

제6부 자리 보러 갔네

자리 보러 갔네

날씨가 청명해
후배 두 사람을 불러놓고
석양길 밟으며
서해안 고속도로를 달렸다
이 생각 저 생각 하다가
마누라 이름 찾아
전화를 걸어봤다
"여보 나 고향 가는 길이요!"
"뭣 하러 가요?"
몇 번을 생각하다가
"묫자리 보러 가네!"
불쑥 던진 말에 숨죽인 마누라
"나는 안 가요, 시골로 안 가요!"
씁쓸한 마음일까 서글픈 눈물일까?
속내 감추고 전화를 끊었다.

비워둔 공간에서

물은 막아도 바람은 못 막고
가는 세월은 산도 넘고
바다도 건너가는데
주섬주섬 사는 데도
살만큼 살면 편한 것을
아등바등 버티다
세월만 가버렸네
오고 가는 세월 속에
가고 오는 인생이라
욕심도 희망도 슬픔도
허상일 뿐이네.

서글픈 내 고향

고향 고향 부르면서 고향에 갔다
갈 때마다 반겨주신 부모님도 떠나시고
골목골목 다녀봐도 웃는 얼굴 보이지 않네
무너진 골목 길바닥은 잡초만 무성하고
넘어진 돌담 벽도 외로워하는구나!
옛날에 앉아 놀던 바위 돌판은
어디로 가버리고
우-여 우-여 쫓던 그 많은 참새 떼들도
이제는 후손마저 끊겨 버렸나보구나
날마다 논둑 돌며 꼴도 베고 새도 쫓다가
어둑어둑해지면 소고삐 감아 잡고
꼴망태 어깨에 메고
어머니 아버지 기다리시는
집으로 부지런히 걸었다
서울 간 지 53년
다시 찾아와 돌아보니
옛 모습은 간데없고
늙은 나를 돌아보니
고향도 슬퍼하는구나!

길가에 서서

기다린 사람 오지 않고
길가에 서서 시간만 보니
한때는 잘 나간 인기 좋았던 사람
저물어간 사람이라 약속도 늦어지네
만나본들 별것 있겠느냐마는
아쉬운 것은 내가 아니던가?
시간 약속 안 지켜도 만나보면 알겠지!
잘 나갈 때 버린 이야깃거리도
다시 나누면 새삼스레
그 재미가 솔솔하겠지
이런 게 인생이 아니겠는가?

허 공

기러기 등을 타고
하늘을 날아가고
천지가 내 품 안이라
온 세상이 행복하네
하늘도 땅도
무아의 천지
여기가 나의 고향
얻고자 떠나는
우리들의 세상
영의 장막 깨고 드니
만물이 춤을 추네
보고 듣고 소리가
우주로 손을 편다
블랙홀은 곁에서 돌아
별들을 한순간에 먹어 치우고
조물주가 깊은 잠 들었으니
만물은 어디로 갈거나
슬프도다, 천지신명이여
우선 인간들만이라도 구해주소서!

쓸데없는 욕심

자리 잡은 그 자리가 나의 자리
하나 들고 먹는 것이 나의 것이다
외나무다리 건너는 길이 인생의 길
세상에 내 것은 두 개가 없고
하나만 추켜들고 외롭게 살아간다.

흠 자국

내가 하던 일은 다음 세대가 이어가고
내가 버린 쓰레기는 다음 세대가 피해를 본다
우리가 못다 이루는 일들은 후손들이 이루고
우리가 더럽힌 환경들은 후손들이 정화한다
사람들 사는 것이 모두가 이런 것인데.

우리 아버지 묘지 앞에서

아버지 모습이 떠오릅니다
자식들 잠 깰까 봐 이른 새벽에
질퍽한 논밭 길을 조용히 다녀오시던 아버지
아버지는 당연하다 생각했습니다
아버지니까요
아침 잡수시자마자 삽을 들고 나가시고는
하루해가 다 저물도록 논밭에 나가 사시던
우리 아버지
아버지는 당연히 그러시는 줄로만 알았습니다

고무신 구멍이 나도 신고 다니시며
물꼬도 쥐구멍도 수시로 살피시던 아버지
당연히 아버지는 그러시는 줄만 알았습니다
아버지니까요
가족들 걱정에 밤잠을 설치시며 돌보시던 아버지
한순간도 편히 앉아 쉬지를 못하시던
아버지였습니다
그래그래 가족들 걱정 끼치면 안 되겠구나 하시면서
그렇게 즐겨 피우시던 담배도 끊으시던 아버지

이제 내 나이 고희를 훌쩍 넘기고 보니
이제 보이지 않던 것이 아련히 보입니다
늙으신 얼굴에 골짜기가 패인 주름이 보입니다
주름 속에 갇힌 못난 아들 모습도 보입니다
행여나 볼세라 외로운 눈물을 삼키시며
웃으시던 아버지
그 모습이 왜 이제야 보이는 걸까요
아버지, 아버지니까 당연하다 생각하고 살아왔습니다
인제 보니 그런 것이 아니었습니다
아버지 나 여기 왔습니다
아버지 막내아들이 말입니다.

사랑하는 나의 꽃

주인님이 주는 물은 맛좋은 단물
꽃들 입맛 맞추어 사이사이 물을 주네
나뭇잎 사이로 고루고루 주는 물
꽃잎 위에 뿌려 주면 잎이 마르고
잎새 사이로 뿌려 주면 얼굴 반짝거리네
주인님이 주는 물은 뿌리마다 뿌려 주어
예쁜 얼굴 해님 보며 쌩긋쌩긋 미소짓네
우리 주인님이 주는 물은 갈증 때만 뿌려 주니
내 마음을 아는지 속마음까지 들어주네
손도 발도 없는 우리를 정성으로 길러주니
오늘 아침에도 꽃잎 피어 예쁘게 차려입고
사랑합니다! 감사합니다! 잎 흔들어 답례하네
고맙습니다! 인사드립니다!
오색 색깔로 인사드립니다!
고맙다 잘 자라거라
너희들이 있어 내가 기쁘구나!

아름다운 청춘이여

꿈을 꾸는 청춘은 꽃이 핀다네
미소짓는 얼굴엔 나비가 날고
파란 하늘엔 흰 구름 날아가니
아름다운 청춘이 오늘이라네

희망이여 청춘이여 떠나지 마소
우리는 젊은이 꿈많은 청춘이라네
별과 달이 빛나면 사랑을 속삭이고
미래는 우리들 세상 영원하여라.

어머니 사랑

파도가 출렁이면 바다로 나가는 아들
걱정에 늙으신 어머니 가슴 조인다
파도와 싸우며 살아오신 아버지
이젠 늙으셔서 그 배를 아들이 탑니다
수 세월 아버지가 힘들었던 삶
아들이 그 배를 타고 바다로 나갑니다
어머니 아버지가 고기잡이하시던 그 배를
타고 나갑니다, 걱정 마세요
비바람 몰아치는 드넓은 바다에서
풍랑과 싸우면서 살아오신 우리 아버지
아들이 그 배를 타고 바다로 나갑니다
걱정 마세요 어머니 우리 어머니
외롭고 힘들어도 파도와 싸우시면서
아버지는 고기를 잡으셨습니다
그 일을 아들이 하고 있습니다
어머니 저도 다 컸습니다, 걱정 마세요
우리 가족들 먹이고 입히시며 살아오신
아버지는 파도에 몸을 맡기셨습니다
풍랑도 두려워하시지 않았습니다

눈물도 말라버렸습니다
가족들 걱정만 생각하셨습니다
아버지가 말입니다
그런 아버지는 멀리 떠나셨지만
그 자리를 아들이 키(배의 방향을 조종하는 장치)
다시 잡았습니다
오늘도 파도와 싸우면서 바다로 나갑니다
거친 파도와 싸우며 고기를 잡습니다
바람이 거칠게 불어야 고기를 많이 잡습니다
이것이 어부입니다, 어머니!

노을 속에서

외로운 인생이여
어디로 가는가?
석양은 나를 오라하고
뱃머리는 사라져가네
통통선 멀어져가니
검은 연기도 따라가는구나!
바닷가 파도 소리
저무는 지평선 아래로 스며들고
갈매기는 울어대며
집을 찾아 날아간다
초승달은 얼굴만 내밀며
가련한 나를 쳐다보는구나!

구름 한 조각

파도는 쉬지 않고 춤을 추는데
바람은 가다 말고 돌아서 버린다
하던 일 부도 맞아 쌓여간 상품들
납품도 중단되어 돌아서 버린다
올라간 건축물 하늘을 치솟는데
돈줄이 끊어져 녹이 슬어 서 있다
달리던 자동차 기름 떨어져
산골짜기 계곡에서 오도 가도 못하네
옹기 지고 간 지게꾼 지게 통발 부러져
지고 간 옹기들 몽땅 깨져 버렸다
뚝방촌 사람들은 없이 살아도
한 끼 때울 밥그릇은 걱정이 없다네
재벌들 한 방 맞으면 영창으로 직행하고
이런 것이 우리의 삶이 아닌가 말이여!
잘난 사람도 못난 사람도 별것 아닌데
있고 없는 우리네 인생 별것 아니냐
있을 때 잘해 서로들 차별하지 말고!

인생은 조각배

바다를 헤쳐가는 작은 돛단배
끝없이 미끄러져 간다
파도 소리에 묻혀서 한없이 떠간다
인생도 저 배도 가는 곳이 어디인가?
저 넓은 바다를 하염없이 가는구나!
인생 끝자락도 어디인지 모르는데
바다 위에 떠가는 작은 저 돛단배
외롭고 고달픈 나의 모습 같구나.

가는 시간

가는 시간 멈출 수 없고
오는 시간 막을 수 없네
세월 가도 그때 그 자리
오늘 다시 와도 그때 그 자리
마음 변해도 그때 그 자리!

봄비가 오네

보슬보슬 내리는 봄비에 아지랑이 기다리고
움트는 새싹들 바라보니 신기하구나
보슬비 내리는 나무 사이로 떨어지는 낙숫물 맞으니
콧노래 저절로 나와 옛 추억을 떠올린다
추억의 노래 봄 처녀가 아가씨들 마음 설레게 하고
산에 산에 꽃이 피었네 들에 들에도 꽃이 피었네
봄바람은 살짝 살짝 설레는 가슴 건드리네
피어난 꽃향기도 임을 부르고
조잘대는 종달새는 지지배배 머리 위에서 맴돈다
논을 가는 농부 따라 새끼송아지 촐랑대는데
고향의 봄소식 전해주는 이도 없구나
늙으신 우리 부모님 오늘 밤 잠 못 이루실 거야
객지 나간 아들 걱정에 잠 못 이루실 거야.

이길도 선생

별처럼 외로워 더욱더 그립네
산천도 부르며 오라고 하는데
바라본 내 심정 오늘도 서럽네
먼저 내려간 이길도 선생은
예향에 젖어 오늘도 고향 품에서
꿈속을 헤매시는가?

미녀 그녀

찬란한 불빛 속
그녀 얼굴이 동글 납작
예쁜 얼굴에 꽃이 피었다
물안개가 임의 얼굴
감추고 떠나가니
소리 없는 나의 가슴속에서
임은 멀어져가네
보고픈 내 심정 어찌 알까?
한 번만 바라보고 가신다면
미소 짓는 임의 얼굴 그리며
꿈속에서나 보리라!

아버님의 간곡한 뜻 받들어
자리를 보았지

장 희 구

문학박사 · 시조시인 · 수필가 · 문학평론가 · 소설가
한국시조협회 부이장 · 현대문학사조 주간 · 문학신문 주필

  지현경 시인은 2015년 9월 30일에 그의 처녀시집 『洞村의 바람 소리』를 펴낸 바 있다. 2019년 5월 27일에는 초판과 재판으로 제2시집 『길 위에 홀로 서서』를, 제3시집 『한 길에 서서』를, 제4시집 『고운 목소리 떠난 자리』를, 제5시집 『꿈은 살아 있다』 등을 초고속 승진을 거듭하여 발간해 지역사회가 떠날 듯한 폭넓은 칭찬이 잇따랐다. 이어서 제1시집과 제2시집에는 이용대 시인이 5~6편의 작품을 골라 〈해설〉을 붙이면서 시인의 작품성을 소개하기도 했다. 이번의 제6시집에는 『파고든 가슴』을 출간하면서 여기에 평자의 〈해설〉을 덧붙인다. 2015년과 2019년에 두 번씩이나 작품집을 상재하면서 성대한 출판기념회를 열어, 찾는 '가객(佳客)'들이 기념식장에서 축하의 면면을 남기면서 '가객(歌客)'다운 흔적을 곱게 담아냈다.

지현경 시인은 이 제6시집 『파고 든 가슴』 서문에서 "조금은 딱딱하고 멋도 맛도 없겠지만, 이것이 서민들이 살아가는 참모습이 아닌가 한다"고 실토함에 따라 꿋꿋한 집념의 표상을 심어주었다. "시작과 끝이 없는 생활의 모습은 변하지 않아 주변에 버린 것들을 주섬주섬 담았다"면서 말과 행동을 잘 골라 가지런히 담았으니 시를 쓰게 된 솔직한 심정을 피력하며 감동을 주었다.

그렇지만 지현경 시인의 작품을 꼼지락거리며 읽으면, 구김살 없는 순수성을 지닌 작품이 대종을 이룬다. 흔히들 문학성이 높은 작품은 있을 듯 말 듯한 비유와 상징을 척척 걸쳐야 한다고들 말하지만, 그는 있는 그대로, 보는 그대로 그리고 느낀 대로 강인함을 확보해서 좋았다. 따라서 작품을 일구어가는 힘은 우람한 뿌사리('황소'의 방언)에 비견된다고 할 수 있지 않을까 생각해 본다.

작가가 여기에 상재한 110편의 작품 중에서 〈해설〉로 이끌어 낸 7편의 주제는 다음과 같다.

1. 이따금 「생각난 그 사람」을 그리면서
2. 터벅터벅 왔던 「73세 가는 길」 위에서
3. 이토록 애타도록 「적막이 날 죽이네」
4. 부모님 유언 속에 「눈물이 나를 부른다」
5. 「아버지를 만났네」 묫자리를 보기 위해
6. 아버님의 뜻을 받들어 「자리 보러 갔네」
7. 결어 : 애모의 정 품었던 「미녀 그녀」에

1. 이따금 「생각난 그 사람」을 그리면서

　자주 마주치지만, 인사 한마디가 없는 그 사람이 그리워지는 경우가 흔히 있다. 갸름한 얼굴에 오동통한 몸매가 더욱 이 마음에 사로잡았을 것이니. 이따금 소리 없는 혜성처럼 싱긋하게 웃는 얼굴에서는 미소가 가득 담겨져 있어 은근하게 기다려지기도 했다. 바로 이것이 사랑의 기다림이자 그리움이라는 것을 알게 한다.

> 지나가는 그 길목에
> 그 사람 생각난다
> 어제도 이 자리를 함께 건너갔고
> 오늘도 이 시간을 함께 건너갔다
> 말도 한번 안 해 보고 그냥 가버렸다
> 한동네 그 사람과 함께 걸어갈 때도
> 그 사람과 말 한마디 나누지 못했다
> 4계절 1년 2년 옷 색깔이 바뀌어도
> 보고 또 보고도 말을 해보지 못했다
> 신호등에 걸려 함께 서 있었어도
> 그 사람과 마주 보며 말 한번 못 해봤다
> 어느새 찬바람이 우리 동네 찾아와서
> 두툼한 옷 갈아입고 말을 해볼까 했더니
> 날마다 만나던 그 자리에 서서 기다리는데
> 그 사람이 오늘따라 보이질 않네!
> ─「생각난 그 사람」 전문

시인의 눈인사는 물론 목례도 없는 그 사람을 생각했음으로 보인다. 흔히들 사랑을 두고 '그리움'이라고 하지만, 시인에게 젖어 든 마음은 '기다림'에 흥취(興趣)한 모습을 만나면서 빙긋이 웃었음도 다소곳이 알게 된다. 지나가는 그 길목에 그 사람을 꼭 만날 수 있을 것이라는 기대치에 자기를 함몰시키는 생각에 여념이란 푯대에 잠재우곤 했으니. 그래서 시인은 어제도 이 자리를 함께 건너갔고, 오늘도 이 시간을 함께 건너왔다는 지난날의 긴 시간을 기대치의 시상 속에 살며시 떠올린다. 말도 한번 안 해 보고 그냥 가버리는 일이 능사였겠으나, 그렇다고 내가 먼저 손을 내미는 일을 더없이 거북하게 생각했을지도 모르는 일이다. 한동네 그 사람과 4계절 1~2년 속에 옷 색깔이 바뀐다고 해도 항상 보고 또 보았지만, 한마디 말을 해보지 못했다는 시상의 기다림이 은근하게 넘쳐흐른다. 왜 그랬을까? 자존심(?) 바쁜 도시 생활(?). 그 어느 것도 아닌데…

흰 살을 다 내놓은 얇은 옷을 입은 계절은 아름다운 몸매에 매력을 느꼈을 것으로 예상되지만, 두툼한 겨울옷을 입은 그 사람에 대한 그리움은 과연 어떠했을까? 화자는 초조한 마음은 이제 갈림길에 서 있는 멍한 모습을 다시 만날 수 있다. 어느새 찬바람이 우리 동네에까지 찾아와서, 두툼한 옷을 갈아입고 말을 한번 걸어볼까 떨리는 마음을 잠재우지 못한다. 우리 인간은 이를 두고 끌리는 정(情)이라고 했던가? 아니다. '만남의 원리'라고 했을 것이다. 다른 옷차장의 만남, 다른 계절의 따스한 느낌을 받으면 생각이 바뀔지도 모른다는 바람(望)을 했으렷다. 그래서 화자는 내숭의 합리화를 한 줌씩 떨었으리라. 날마다 만나던 그 자리에 우두커니 서서 초조한 마음으로 기다리고 있는데, 하필이면 '그 사람이 오늘따라 보이질 않네'라는 심술궂은 심적인 두려움으로 시적인 감칠맛을 우려냈겠다. 한마디 대화의 깊은 정까지 모두모두 캐냈으리라.

2. 터벅터벅 왔던 「73세 가는 길」 위에서

「인생칠십고래희」라고 했다. 두보의 시에 「술빚이야 가는 곳마다 늘 있지만(酒債尋常行處有) / 인생 칠십은 예로부터 드물었다네(人生七十古來稀)」에서 유래한 성어다. 논어에도 이와 같은 명구가 발길을 성큼 멈추게 한다. 시인은 선인들이 두려워했던 칠십을 넘긴 긴 소회를 피력했다.

　　바람도 쉬어가고 물결도 잠이 든 밤
　　나이가 73세, 부끄럽기 한이 없다
　　세상에 얼굴 내밀어 할 일 해왔는데
　　돌아보고 챙겨봐도 내 발자국 없어
　　허무하지만 2019년에도

또다시 서울 땅을 걷는다
마지막 남은 삶 쪼개 쓰고 나누어주며
2019년 반갑게 맞이한다.
- 「73세 가는 길」 전문

    옛날에는 '고희'는 물론이고, 환갑 때도 거나하게(걸출하게 성찬으로 잘 먹었다) 잔치를 하며 장수를 축하했다. 그렇지만 평균 수명이 길어진 요즘은 환갑잔치를 하는 사람은 거의 없다. 격세지감을 느낀다. 시인은 바람도 잠시 쉬어가고 물결도 고요하게 잠이 든 밤에 나이가 73세가 되었다면서 되돌아보면 모든 게 부끄럽기 한이 없다고 했다. 그러면서 세상에 얼굴을 내밀어 자기 할 일을 충실하게 해왔는데, 이제 더 이상 할 일이 뭐 있겠느냐면서 가만히 돌아보고 챙겨 보지만, 내 걷던 발자국이 더는 없다는 허무함을 곱씹어 보는 탄식을 만난다. 속 깊은 시인의 탄식을 만나면서 인생은 그렇게 굴곡의 파도를 타고 서서히 떠나가는 것임을 알겠단다. 시인의 속 터진 탄식은 전반부 마지막에서 허무하지만, 2019년에도 황금돼지띠에도 운명과 같은 서울 땅을 걷게 되는 한 아름찬 속 깊은 소회를 피력한다. 긍정적인 시인의 시적인 상상력 앞에 고개 숙여진다.

    화자가 품 안에 끌어안는 피안의 심사는 늘 긍정적이었음을 알게 한다. 남과 더불어 하려는 두레 정신이 강하고, 넘치는 파도일랑 거스르지 않는다. 할 수 있다는 자만심, 해서는 안 된다는 이기심을 말과 행동으로 노정 (露呈)하지 않는 고운 심성도 보인다. 이런 콩과 팥 같은 고운 시상이 곱게 녹아 있음이 정답다. 그래서 화자는 '마지막 남은 삶 쪼개 쓰고 나누어주며 / 2019년 반갑 게 맞이한다'면서 기필코 아니라고 손사래 치는 부정적 인 사고방식에 젖지 않는 순수성까지도 드러내 보인다. 시인은 마음속으로 상상하며 깨알 같은 시 얼개가 익어 갈 수 있도록 시상을 일구겠다는 당연성까지 하나도 남 김 없는 시적인 실오라기란 몸뚱이를 펑퍼짐하게 드러 내 보인다. 지현경 시인은 일찍이 모모한 인사들에게 시 적인 참다운 여운을 배운 것도 아니면서도, 차곡차곡 일 구어가는 시상은 고운 자태를 감고 도는 것도 이런 기저 (基底)가 곱게 자리했음을 알게 한다. 노력의 대가가 작품 의 심연(深淵)에 흐르는 화자의 노래들을 두루 만난다.

3. 이토록 애타도록 「적막(寂寞)이 날 죽이네」

흔히 주위가 적막하면 어두운 밤을 연상한다. 적막한 가운데 고요함이 흐르고 인적이 끊긴 가운데 부산한 움 직임이 뚝 그치면서 그냥 멈춰 버린다. 밤과 낮의 갈림 길에서 부산함과 고요함의 시련이 힘겨루기를 시작한 다. 이 세상의 오묘한 이치는 극과 극의 대립 속에 성장

한다 했으니.

> 적막이 잠이 드니 길거리도 잠이 드네
> 오고 가는 발길들 어디로 가버렸나
> 끊어진 밤거리는 가로등도 쉬는데
> 가끔 휘날리는 싸락눈만 나뒹군다
> 그리운 내 낭군님 오늘따라 안 오시고
> 기다리는 찻잔에 외로운 눈물만 넘치네
> 영창이 밝아 와도 전화 한 통 없으시고
> 어젯밤에도 오늘 밤에도
> 당신 그리워 홀로 우네!
> ─「적막이 날 죽이네」 전문

적막과 고요는 궁합이 맞아 동의어와 같이 사용할 수 있다. 그렇지만 두 어휘는 의미상의 뜻풀이가 각각 다르다. 적막은 고요하고 쓸쓸함으로 혼자 있거나 의지할 대상이 없어 고독하고 쓸쓸한 상태에 있음을 뜻한다. 반면에 고요는 주위가 잠잠하고 조용한 상태로 고요함으로 인해 우리는 내면의 명료한 잠재력을 이끌 수 있어 좋았다. 그래서 수많은 사람들이 적막과 고요 속에서 생각을 이끌어 냈고, 저서도 집필했으며, 생각에 따라서 문학에 전념하기도 했다. 시인은 이와 같은 명제 속에 엄습하는 적막 속에 깊은 시심을 일궜다. 적막이 잠이 드니 길거리도 어느새 잠이 들면서 오가는 발길들 어디로 가버

렸나에 대한 의문을 품는다. 고요함은 적막을 비호하는
또 하나의 속삭임을 만나게 된다. 시인의 시상은 더 이
상 멈추지 않고 끊어진 밤거리는 가로등도 편히 쉬는데,
가끔 휘날리는 싸락눈만 덩그렇게 나뒹군다면서 촌음의
시상을 꾸몄다.

　화자는 이제 더 이상 숨길 것도 없이 임 그리는 영상
의 편지를 띄운다. 「그리운 내 낭군님 오늘따라 안 오시
고 / 기다리는 찻잔에 외로운 눈물만 넘친다」고 했다.
문인들은 대체적으로 사랑의 정의를 '그리움'으로 포장
하는 습성이 있다. 적막 속에 임 그리는 발길을 멈추지
않는다. 좀처럼 잠을 이루지 못한 '그리움'에 겨워 행여
전화 한 마디를 기다리는 숨김없는 자기도취에 취해 은
근하게 전화를 기다리게 된다. 영창(映窓)이 훤히 밝아 와
도 전화 한 통이 없으시다는 통회의 아픔을 혼자서 벅차
게 참아내는 슬기를 보인다. 어디 성(性)의 남녀 구분이
따로 있을 수 있겠는가. 그리는 임을 보고파 하는 애탄
마음이었음을 알게 한다. 그래서 화자는 '어젯밤에도 오
늘 밤에도 / 당신 그리워 홀로 운다!'면서 홀로 그리움을
달랜다. 사랑을 해본 사람이 기다리는 사랑의 비통함을
안다고 했으니, 적막이 나를 죽인다는 뜻을 이제야 비로
소 알겠다 한다.

4. 부모님 유언 속에 「눈물이 나를 부른다」

한국 사람들만큼 많은 눈물을 흘리는 민족이 또 어디
있을까 하는 생각이 든다. 슬퍼도 울고, 기뻐도 우는 민
족의 속성이다. '사랑은 눈물의 씨앗'이란 노래 제목이
생각난다. 부모님이 유언장을 써놓고 돌아가시기도 하
지만, 중병에 걸려 주치의 사형선고 한 마디에 가슴만
저민다.

돌아서 흘린 눈물 누가 알리오
사랑하는 부모님 떠나신다 하니
참아도 참아도 눈물이 나네
잘 있거라 내 아들아, 정든 가족들아
나는 이제 이 세상 물러가노라
우애하며 건강하게 잘들 살아라
먼 훗날 천국에서 다시 만나자
새 사람 탄생하면 낡은 사람 가고
물려준 몸과 맘으로 착하게 살다가
세월 가면 너희들도 천국에서 만나자
우리 아이들아
졸업장 타고 나니 마음이 편하단다
손과 발도 내려놓고 기다린단다
근심 걱정 다 버리고 극락 가는 길에
내 새끼들 보고 싶어 잊을 수가 없단다
올망졸망 자라던 너희들 보고 살다가
초롱초롱한 눈망울을 잊을 수가 없구나

가는 길에 돌아서서 보고 또 보고
마지막 헤어지니 발길도 서럽다.
- 「눈물이 나를 부른다」 전문

　가슴 저미는 부모님의 돌아가심 앞에서 통곡의 정도
로 호곡(號哭) 애통함이 하늘 끝까지 닿는다. 그래서 '사랑
하는 부모님 떠나신다 하니 / 참아도 눈물이 난다'고 했
다. 어찌 그것이 형제간은 말할 것도 없고 대소 간의 가
족은 모두 같은 심정이었을 것이니. 숨을 거두는 순간에
도 부모님의 당부는 더욱 간곡했겠다. 처량한 말씨로 생
을 마감하는 아픔의 분노가 다 들어 있다. '잘 있거라 내
아들아, 정든 가족들아 / 나는 이제 이 세상 물러가노라
/ 우애하며 건강하게 잘들 살아라 / 먼 훗날 천국에서
다시 만나자'라는 간곡한 말씀을 남겼다. 생을 마감하는
순간까지 가족에게 부탁하는 말씀은 물론 미래지향적인
인간관을 피력한다. '새 사람 탄생하면 낡은 사람 가고 /
물려준 몸과 맘으로 착하게 살다가 / 세월 가면 너희들
도 천국에서 만나자'는 거룩하고 넉넉한 말씀을 주섬주
섬 담아 이제 세상을 떠나시는 마지막 길 위에 곱디고운
꽃길을 만들어 드린다.
　화자는 떠나시는 부모님의 유언장 같은 말씀이며, 보
내는 시인 당사자의 정 깃든 마음을 함께 담는다. 망인
의 유언장은 다시 이어진다. '아이들아!'를 함께 부르면
서 이제 마지막 인생의 '졸업장을 타고 나니 마음이 편

하단다 / 손과 발도 내려놓고 기다린단다 / 근심 걱정
다 버리고 극락 가는 길에 / 내 새끼들 보고 싶어 잊을
수가 없구나'라는 범벅된 피눈물을 쏟아내는 초라함이
보였을 것이다. 이렇게 올망졸망 자라던 너희들만을 보
고 살다가, 떠나려고 하니 초롱초롱한 눈망울들을 차마
잊을 수가 없구나라는 서글픔을 감싸게 된다. '가는 길에
돌아서서 보고 또 보고 / 마지막 헤어지니 발길도 서럽
다'는 통곡의 한 말씀이 결국은 마지막이 되고 말았으니
눈물이 나를 부르는 간곡한 심정은 애를 끊었으리라. 시
인은 이런 아픈 마음을 담아 돌아서서 흘렸던 피눈물을
누가 다 알겠는가 하는 혼자의 슬픔을 가슴 속 깊은 곳
에 파묻힌다.

5. 「아버지를 만났네」 묏자리를 보기 위해

살았을 때 자신이 묻힐 영원의 자리를 손수 마련하는
일은 쉽지 않은 일이다. 사람에 따라서 더러들 가묘(假墓)
와 입비(立碑)까지 세운 명사들이 있어 주위 사람들의 시
선을 끈다. 시인도 이런 일을 많이 보아왔고, 그러한 일
을 하고 싶어 하는 정황이 다음 장의 '시'에서도 끝내 꼬
리를 감추지 못해 결국 노출되고 만다.

꿈속에서 보았네
아버지를 만났네
나와 함께 밭에 나가
명당자리를 잡았네
아버지와 둘이서
명당자리 찾아보고
여기가 좋아요 저기가 좋아요
한참을 찾다가
깨어보니 새벽 2시
꿈속이었네.
–「아버지를 만났네」전문

　"가묘(家廟)"는 '한 집안 사당'을 뜻하고, "가묘(假墓)"는 '묏자리에 시신은 묻지 않고 임시로 만든 무덤'이란 동음이의어다. 국어사전엔 등재되었지만, 인터넷에는 미등재된 용어다. 시인이 아버지를 꿈속에서 만난 실질적인 이유는 이른바 명당자리라는 가묘를 마련하기 위함이었다. 시인은 시적인 지향세계 초입부터 명당자리라는 묏자리를 염려하는 시적 구성의 가닥을 잡아냈던 것으로 보인다. '꿈속에서 보았네 / 아버지를 만났네'로 시작된 기구(起句)의 시적인 쌍곡선 모습이 예사롭지 않음을 알겠다. 꿈속이지만 아버님의 안부쯤은 능사로 물었음직하고, 어머님의 안부에 안주하는 의연함이 빠지면서 본론으로 직행하는 완급성 조절은 깊이가 이해된다 하겠다. 시적인 기승전결의 구성 곡선이란 면에서 갸우뚱거리는 조절을 완성했다. 꿈속에서 아버지를 만난 시인은 '나와 함께 밭에 나가 / 명당자리를 잡았네'라는 조정이란 측면으로 짐작된다.

화자는 아버지 뒤를 따라 다니며 풍수지리설에 입각한 [좌청룡우백호]란 지세를 부여잡고 수맥의 정도와 조절까지 찾아냈음도 알겠다. 시적인 전구(轉句) 부분에서는 나침판 조율의 문제까지 신중했음이 시어의 압축으로 조절되었음도 보인다. 그래서 아버지와 둘이서 시인이 묻힐 명당자리를 염려하는 부심(父心)의 속 깊은 응어리도 알겠단다. 화자의 어린양(?)은 계속되면서 적절한 자리에 안주했었다는 한숨 소리가 생략되면서 시적인 전체적 구성이 급속도로 미련(尾聯)으로 흐르는 물소리가 감지된다. '명당자리 찾아보고 / (아버지) 여기가 좋아요 저기가 좋아요'하면서 한참을 찾다가 새벽 2시를 알리는 소리와 함께 그만 깨어보니 꿈속임을 알게 되었다는 시적인 감지가 가능하였으리라. 자식 사후(死後)의 명당자리를 걱정하는 부심에 정중한 마음을 담아 고개 숙여 보는 평자의 작은 미담이 우리 지역사회를 들썩이게 했으면 참 좋겠다.

이 시의 전체적인 흐름으로 보아 시인이 자신의 사후(死後)를 염려하려는 묫자리인 것이 분명하다고 생각된다. 그렇지만 이 시를 읽는 독자에 따라서는 현재 아버지께서 묻혀계신 자리의 유불리(有不利)를 가려 묫자리를

걱정하는 시적인 구성으로도 착각할 수 있겠다는 생각
이 드는 대목이다. 시인의 효심을 읽어내는 대목이다.

6. 아버님 뜻 받들어서 「자리 보러 갔네」

풍수지리에서 산 사람은 양(陽), 죽은 사람은 음(陰)이라
정리하고 있다. 거기에 따르는 주거지를 양택(陽宅)·음택
(陰宅)으로 구분한다. 양택은 주거 풍수의 개인 양기(陽基)
로서 주택건축에서 갖추어야 할 제반 사항이지만, 음택
은 사람이 죽어 시신이 묻힐 영원의 자리라 여긴다.

> 날씨가 청명해
> 후배 두 사람을 불러놓고
> 석양길 밟으며
> 서해안 고속도로를 달렸다
> 이 생각 저 생각 하다가
> 마누라 이름 찾아
> 전화를 걸어봤다
> "여보 나 고향 가는 길이요!"
> "뭣 하러 가요"
> 몇 번을 생각하다가
> "못자리 보러 가네!"
> 불쑥 던진 말에 숨죽인 마누라
> "나는 안 가요 시골로 안 가요!"

쓸쓸한 마음일까 서글픈 눈물일까?
속내 감추고 전화를 끊었다.
– 「자리 보러 갔네」 전문

　　요즘 들어 음택으로 불리는 묫자리에 대한 관심이 많
다. 정부는 한정된 국토에서 묫자리가 급속도로 늘어나
는 추세를 막기 위해 화장 문화를 권장한다. 그렇지만
화장을 하지 않고 매장을 선호하는 기성 층이 늘어나면
서 묫자리에 대한 선호도는 그 나름으로 전통문화 시대
에 대한 설득력을 갖는다는 평가도 많다. 평자는 묫자
리에 대한 옳고 그르다는 평가는 유보한다. 다만 양택과
음택이란 입장에서 보아 주거지인 양택이 중하면, 망자
의 음택도 중요하다고 본다.
　　시인은 이런 점을 감안하면서 묫자리에 대한 관심이
높아 보인 시상을 만난다. 날씨가 청명한 어느 날 후배
두 사람을 대동하여 석양길을 밟아가면서 고향 마을 전
답이나 선산을 찾아 묫자리를 보러 갔던 모양이다. 오랜
만에 찾는 고향의 풍성한 내음을 맡았던 감회는 남달랐
으니. 서해안 고속도로를 싱싱 달리면서 이 생각 저 생
각에 만감이 교차하는 순간 갑자기 집에 있을 아내의 목
소리를 듣고 싶었던 모양이다. 시상을 일으키기에 적합
한 장면이라는 생각을 알 수 있겠다. 정들었던 고향을
찾아가면서 전화기에 아내의 목소리를 담으면서 시상을
일으키기에 일품이었음을 직감할 수 있다. 시인의 야망

은 여기까지 미치면서 마음을 시원하게 정리한다.

그래서 화자는 "여보 나 고향 가는 길이요!" / "뭣 하러 가요?" 고향에 정을 심었던 다정스런 맛깔을 아내의 목소리에서 찾아보려 했던 뉘앙스는 퉁명스럽고 매몰참으로 들렸음이 직감된다. 아내가 묻는 말에 몇 번이나 생각하다가 "못자리 보러 가네!" 불쑥 던진 말에 숨죽였던 아내는 퉁명스런 말로 응대한다. "나는 안 가요. 시골로 안 가요!"라 했다. [내 죽은 시신은 시골로는 가지 않겠다는 아내의 대답에 '눈물이 나를 부른다(4절)', '아버지를 만났네(5절)'의 연속선상에 얹고 보면, 본 시제 '자리 보러 갔네(6절)'에서 그만 짝퉁이 나고 만다. 이 말을 들은 화자는 '씁쓸한 마음일까? 서글픈 눈물일까?'라는 푸념에 젖으면서 속내를 감추면서 전화를 끊었을 것이다. 꿈결에서 아버지를 만나서 자리를 보고 흥분했던 기분이 싹 가져버리는 애통함이 배어난다.

7. 결어 : 애모의 정 품었던 「미녀 그녀」

김소월의 시 「초혼(招魂)」은 떠난 임을 불러내어 문학적인 상상력을 가미한 시상이다. 이 시의 전반부에서는 [산산이 부서진 이름이여! / 허공중에 헤어진 이름이여! / 불러도 주인 없는 이름이여! / 부르다가 내가 죽을 이름이여! / 심중에 남아 있는 말 한마디는 / 끝끝내 마저 하지 못 하였구나 / 사랑하던 그 사람이여! / 사랑하던 그 사람이여!]라고 읊어 영원으로 잠든 임의 넋을 불러 달래게 된다. 앞 구 "이름이여"는 세 번씩, 뒷 구 "그 사람이여!"는 두 번씩을 호곡했다.

시인은 '미녀 그녀'에서 「찬란한 불빛 속 / 그녀 얼굴이 동글 납작 / 예쁜 얼굴에 꽃이 피었다 // 물안개가 임의 얼굴 / 감추고 떠나가니」라고 읊었다. 토씨 하나 들어갈 수 없는 미녀의 얼굴 묘사가 곱다. "소리 없는 나의 가슴속에서 / 임은 멀어져가네"라며 멀어진 이별의 아쉬움을 말한다. 화자는 이별에 연연하지 않는 담대함을 보인다. 작은 것에 연연하지 않고 묵직한 만남이란 재회의 큰 꿈을 담아냈다. '보고픈 내 심정을 어찌 다 알까?'라는 간절한 마음이 초혼과 맥을 같이 하며, '미소 짓는 임의 얼굴 그리며 / 꿈속에서나 보리라!'는 시상도 김소월의 임과 꼭 맞다.

지현경 시인의 서정시의 차분한 가르침이 없었다면, 『파고든 가슴』이란 제6집이 어찌 태어날 수가 있었을까? 하는 생각이 든다. 제7집 『시 속의 농부』에서는 이 세상을 깨우치는 커다란 끄나풀이 되어 말보다는 실천으로 크게 넓혀주기를 기대해 본다. 어려운 시어보다는 쉬운 시상으로 엮어가면서 온 세상의 본보기 시집이 태어날 수 있기를 축원하면서 다음을 기대해 본다.